1

AYER SE PERDIÓ TU NOMBRE

Sentimientos encontrados a través del Alzheimer.

Ángels Martínez Soler

QM Editorial

Copyright © Àngels Martínez Soler 20119
Obra registrada en:
www.safecreative.org/work/1904170681665

Imagen de Portada: Elsa Guillari©
Maquetación: QM Editorial
angels.martinez@gmail.com

Primera Edición
Abril 2019

ISBN: **978-1-943680-47-4**

QM Editorial
Jesús Quintana Aguilarte
EIN: 46-2472728
Elkhorn W – 53121
EE. UU

www.editorialqm.com
qmeditorial@gmail.com
jqaamerica2012@gmail.com

Dedicado a mi madre.

Y a quienes sufren la enfermedad de Alzheimer y a sus familias.

Presentación

Como familiar de una enferma de Alzheimer, he vivido y sentido tantas emociones, y sentimientos distintos en diferentes etapas de esta enfermedad, que hasta me he sorprendido a mí misma ante ellos, pues no sabía que los pudiera albergar.

Este libro, es una recopilación de poemas y prosa nacidos de sentimientos propios, durante la enfermedad de mi madre. Pero estoy convencida de que muchas personas podrán ver en ellos un reflejo de lo que sienten, o han sentido.

También hacer hincapié en que por mucho que te expliquen o que veas o puedas leer noticias sobre el Alzheimer, nunca es suficiente ni te puedes imaginar lo que es vivir con él, ni el enfermo ni los familiares (cuidadores)

Una enfermedad cada vez más extendida y que asusta ante las dimensiones que está tomando. La comunidad científica está trabajando en ella y aunque no han encontrado una cura, si han hecho muchos avances, para quizá en un futuro próximo, poder frenarla o curarla.

Está claro, que los medios con los que cuenta esta sociedad en la actualidad no son suficientes, Que la población es mucho más longeva y muchos ancianos están afectados de Alzheimer, por lo que las familias, el estado y las comunidades, están desbordadas.

Las entrevistas para estudiar y valorar el grado de dependencia que cada enfermo requiere tardan en hacerse, así como las ayudas para el cuidador o el acceso a una residencia… En fin, que decir que ya no se sepa sobre ello, y sobre todo los afectados, los propios enfermos y sus familias.

Es mi deseo que este libro, sirva para apaciguar espíritus inquietos y perdidos que están pasando por lo mismo que mi familia y yo pasamos en su momento. Y que los acompañen mis letras en esos momentos complicados que nos trae la vida.

Ángels Martínez

POEMAS

La Vejez

Decrepitud y vejez,
no las llamas
vienen solas.

El olvido reciente.
Y en la memoria
tiempos mejores

Día a día.
Mes a mes.
No nos dejan
hasta el final.

Dolor por no ser.
Lagrimas,
Impotencia,
Soledad...
Así siento
que se siente.

No ser capaz
de ver más que...
Ese olvido repetido,
ese eco que se oye
una y otra vez,
martillea en mis oídos.
Y me ahoga,
me asusta.
No le veo una salida.

Aunque peor seria
no poder decirle
¡Mama, ya me lo has dicho!

La Abuela

Un año más la abuela
sentada en la mesa está.
Hay una sonrisa en su faz,
ausente su mirada…

Recuerda el pasado,
los años vividos.
Mientras su familia
monta algarabías.

Navidades de ausencias,
navidades de olvidos
Que con el tiempo
nos arrebatan.

Ella los ve, están en el salón.
todos han venido.
Fantasmas del pasado
que viven a su lado.

Marchar con ellos
y tomar su mano.
Ese es su deseo,
agotada cierra los ojos…

Triste es la navidad
viene y rauda se va.

Locura.

Pensamientos inconexos,
que cierran la mente.

Dolor,
que nubla el alma.
Camino sin retorno,
al olvido del yo.

Confusión, caos, rabia.
Lágrimas derramadas
que lavan
un bello rostro.

Locura desatada.
Espacios que distancian
al cuerpo, del alma.

Poco a poco,
van apagando
esa llama.

El alma.

Se te olvidó

Manos nerviosas.
Pies inquietos.
Mirada perdida.
Rabia contenida.

Quieres gritar
y no sabes porque.
El motivo
se te olvidó.

Se te olvidó…
que hoy es domingo,
que mañana no fue ayer.
Ni siquiera
sabes que se te olvidó

Estas dolida.
Algo no va bien
¿Que se te olvidó?
Todos olvidan…dices.

Otro día más amaneció,
te levantaste de buen humor.
Y ya se te olvidó,
que olvidaste.

Se va apagando….

Se va apagando,
despacito…
Como una vela.

Creando sombras
y enmarcando su sonrisa,
cual mascara pintada

No reconozco
ni su voz, ni su figura.
Se perdió por el camino
toda su lozanía.

Largo camino
hasta el final.
Lleno de piedras,
también de rosas.
Inexorable, sin retorno.

Se va apagando,
despacito…
Como una vela.

Sentimiento

Hoy quiero escribir
y no puedo.
Siento que me falta
un sentimiento.
Se quedo allí prendido,
en esa silla vacía.

Enojada murmuras
y al final partes.
Te alejas,
no escuchas.
No lo entiendes.

No es tu culpa,
ni la mía.
Es la vida
que se te olvida.

Pero mi culpa
sigue ahí
en esa silla aparcada.
No quiero ir a buscarla
pues pesa demasiado.

Señora de la Luna Blanca

Señora de la Luna Blanca,
creadora de ilusiones,
narradora de mil hazañas.

Sientes la vida
hasta límites inimaginables.
No quieres marchar,
vivir es tu meta.

Te acicalas día tras día,
para presentarnos
tu mejor cara.

No quieres aparentar
tus edades.
Juegas con ellas,
las ocultas, nos engañas.

Señora de la Luna Blanca,
que en la noche oscura
lagrimas derramas.
Porque la vida te arrebatan.

Y te mientes e ilusionas,
creyendo tus propias hazañas.

Ayer se perdió tu nombre

Ayer se perdió tu nombre,
en lo profundo del bosque,
ese, que hay en tu mente.
Lo buscaba y lo llamaba
más las ramas lo ocultaban.

Se perdió tu nombre,
y también la razón perdiste,
buscándolo…
En la espesura de aquel bosque.

Volveré mañana al clarear,
para reencontrarme con tu nombre.
Y buscar la sinrazón
que te oculta en ese bosque.

Quizá hoy estés…. en ese claro,
que la luz ya ilumina,
y encontremos ese nombre
que a la cordura despierta.

Pasearemos y hablaremos
en el claro iluminado,
disfrutando del momento.
Pues mañana quizá…,
todo vuelva a ser oscuridad.
Y se vuelva a perder tu nombre.

Con una amplia sonrisa

Con una amplia sonrisa,
corriendo con pasos cortos
me abrazaste fuertemente.

Ya no estabas en tu feudo,
eras mujer frágil e insegura
desorientada y perdida
encerrada en un castillo.
Y no te reconocí.

Yo solo vi a una temerosa niña…
Y algo se rompió en mi mente,
solo con verte.
Pues cierro los ojos
y la escena se repite incesantemente.

Solo me queda el poder describirte
para que todos sepan como eras.

Y recuerden para siempre…
a esa bella mujer
Cariñosa, y algunas veces
altiva y orgullosa,
presumida, coqueta y caprichosa,
que amó y que fue amada.
Y que aun ama a su manera.

Dónde estás...

Te veo sentada y triste,
con la mirada perdida.
Evocando quien sabe que...

Me pregunto dónde estás...
Si vives sin vivir,
y si realmente sientes algo.

La rutina, la inercia,
se ciernen sobre ti
convirtiéndote en autómata.

La vida y el tiempo,
se cobran factura
y a nadie perdonan.

Te toco a tí, como a otros.
El ser sin saber...
Y el no saber, olvidando.

Quién sabe, si mañana
me verás y no sabrás,
o quizá, ya no te veamos...

Solo sé, que la vida
deja muchas huellas,
y las tuyas son profundas.

Vive, aunque ya no sepas.
Porque tu pasión
siempre ha sido la vida.

Frágiles Mariposas...

Mariposas de alas recortadas,
confundidas con polillas
Abatidas y escondidas
en oscuros rincones.

Volasteis alto,
luciendo los más bellos colores,
gráciles y hermosas, revoloteando
entre miles de flores.

Frágiles sois...
El tiempo no perdona
y marca la hora.
Termino vuestro momento,
ya no revoloteáis hermosas.

Mariposas de alas apagadas,
perdidas y sumisas.
Encerradas en jaulas
de cristal y piedras.

Ese es vuestro destino,
sumando días y esperando
que llegue el momento
de partir en vuestro último vuelo.

Estar Ida…

Caos y locura
te asaltan cada día.
No entiendes…

La rebeldía te domina.
Ser y no poder.
No poder y ser.

Desconcierto y rabia.
Impotencia de perderte
entre las tinieblas.

Tu jardín se marchita
Y no pueden…
ya las rosas florecer.

Muñeca de porcelana

Frágil y hermosa
sobre la cama reposa.
Rosadas mejillas,
mirada apagada.
Manos quebradas
piernas delgadas.

Solo mirarla
se te enternece el alma.
Quieres abrazarla,
más, tienes miedo a dañarla.
Suavemente la acaricias…

Su mirada perdida,
te sugiere mundos ocultos,
mundos de fantasía.
que no puedes compartir.

Sonríe.
Asoma una lágrima,
te mira fijamente.
Sabes que te siente,
sonríes,
y se te estremece el alma.

Rosa de Invierno

Rosa de Invierno,
que nos envuelves
con tu aroma
como si fuera un manto.

Hoy estas apagada
y te sangra el corazón.
pues te sacude la desazón.

Ni siquiera el frío invierno
contigo podrá.
Pues quienes te aman,
siempre te protegerán

Tus pétalos como campanillas
nuevamente sonarán
moviéndose de acá para allá

Para que tu aroma
nos llegue a todos
Y nuevamente lo podamos abrazar.

Voy camino del Infierno

¿Y dónde encontrare
de nuevo mi mundo?

Mis cosas.
Mis recuerdos.
Mi amor.
Mis fantasmas…
Todo se desvanece
en el transcurrir de la vida,
o como el día a día que me acompaña.

Su pudiera llevarlos conmigo
Y embarcarlos como equipaje,
no me importaría que pesaran en exceso.

Pero no…,
los voy perdiendo
por el camino.
Y por más que busco
no los encuentro.

Hoy saldré por esa puerta,
sé que mirare atrás
y me romperé en pedazos…
Y moriré un poco más.
Pero…dejare mi sombra,
para que guarde con celo
la estela de mi vida pasada.

¡¡Adiós!!
Voy camino del infierno.
No hay regreso.
No me miréis…
Solo recordarme como antaño.

Y hoy quizá suene a ironía, el decirte ¡Feliz día de la madre!

Hoy es el día de la madre…
Sabes quisiera decirte tantas cosas
que no sé por dónde empezar.

Casi nunca nos hemos entendido,
caracteres opuestos y tozudos,
ese ha sido siempre nuestro desencuentro.

Mi confusión ha sido tanta
o mucha más que la que tú tienes.
Ha habido momentos
en que mis sentimientos han vacilado.
Aun no sé cuáles son ahora, cariño… rencor…
Pero sobre todo pena, mucha,
tanta que tengo rota el alma.

Pero pese a ser como eres,
mujer dominante y un poco egoísta,
también eres nuestra madre.
Has hecho siempre lo mejor para nosotras,
pese a equivocarte, como cualquier persona.
Pero lo has hecho, te has preocupado
que nada nos faltara y nos quieres.

Hoy ya no comprendes, no entiendes
lo que, en tu ser, está ocurriendo,
ni tampoco intentas hacerlo.
Alzheimer ha llegado a tu vida
y has vuelto a ser la niña de antaño.
Ahora somos nosotras
las que velamos por ti.

Se que no lo comprendes,
que debas ir a una residencia
y que nos odiarás por ello.
Y que por más que te expliquemos
jamás podrás comprenderlo.

Mañana dejaras tu mundo… tu casa.
Llevaras una maleta, cuatro fotos,
los recuerdos que te quedan,
las lágrimas y la rabieta,
de quien no quiere cambios.
Ni entiende porque la obligan a ellos.

Lloraremos todos, porque te queremos madre.
Y porque sabemos que te duele,
y que nada podemos hacer
para aliviar tus penas.
La impotencia se ha instalado
en nuestros corazones.

Pero sabemos que estarás bien
y que estaremos a tu lado
tanto como podamos,
como cuando estabas en casa.

Y hoy quizá suene a ironía
el decirte. ¡¡Feliz día de la madre!!

Imágenes Borrosas

Debería quedar algo,
pero mis recuerdos
están perdidos…

Quizás se hicieron humo,
y la niñez se la llevo el viento.
Solo son retazos,
imágenes borrosas
que aparecen con esfuerzo.

Espero que algún día vuelvan a mí,
y sonría al recordarlos…
O quizá me pierda en el llanto.

Andamos perdidas las dos, madre.
Tú no eres ya quien fuiste,
pues andas perdida y confusa.

Ya no te reconozco y por ello,
busco momentos vividos,
entrañables momentos,
de los que no se olvidan.
Más he de ahondar demasiado
es doloroso el trabajo.

Yo También ando confundida,
pues no sé porque…
No siento esos momentos.

Como, cuando me arrullabas,
mis primeros pasos,
unas risas o ese abrazo de consuelo…

Cierro los ojos y busco,
y solo aparecen retazos.
Madre, seguiré buscando,
no temas no desfallezco.

Añoranzas

Perdida andas en el laberinto,
de recuerdos pasados
con el presente, mezclados.
Ayer es hoy, hoy es ayer.
El ovillo se lía, y tú te enojas.

Buscas y no encuentras…
Yo te busco y no te hallo,
pues ya no eres quien fueras…
Te sueño y estas a mi lado.
Solo así te encuentro,
pero solo es eso, un sueño…

La realidad me abraza
te siento lejana
ya no formas parte de mi vida
No es que no quiera.
Es que tú no puedes
Y me duele y entristece.

Culpables no somos, ni tú, ni yo
No elegimos este sino,
pues acudió sin pedir permiso.
Quizá en la próxima visita,
tengas un lúcido día.
Y charlar podamos
como hacíamos antaño.

¡¡Como te añoro madre!!

Azotada, como la mies en el campo.

Pasa el tiempo lentamente…
No cambia nada.
Me duele igual, al verte.

No lo evito,
simplemente lo siento.
Y me dejo llevar por el viento,
me doblego a su antojo,
azotada, como la mies en el campo.

Nuevamente me levanto,
pero no estoy tan indemne
como a veces aparento.
No se ven las cicatrices
están muy adentro.

No sé si soy culpable,
por ese dolor que siento.
Pero la culpa se clava
como una zarpa
en el alma.

Así, no puedo verte,
y lo evito constantemente.
Siento tu pena y tu soledad…
Aunque, solo la sientas un instante,
y luego se te olvide completamente.

Constantemente…
Invoco a la Parca
para que en breve te lleve.
Pero me estremezco por dentro
por tener tal pensamiento.

Pasa el tiempo lentamente…
No cambia nada.
Me duele igual, al verte,
con tu compañero, el Alzheimer.

Temo

Temo, siempre temo,
temo a ese nuevo encuentro.
Mañana otra vez de nuevo
me abrazara ese temor.

Te veré dudar, ¿estarás risueña o enojada?,
¿cómo te hallare? No lo sé nunca.
Y esa impotencia...
se me agarra al alma.

Nuevamente ese temor...,
esta noche me invade,
no querría sufrirlo,
pero no se evitarlo.

Porque será..., que cada vez
me cuesta más verte,
ya tengo claro si soy una cobarde,
que evita a ti, enfrentarse.

No veo en ti más que un espejo,
en el que me reflejo.
Por eso te temo y temo...
¿Seré yo mañana ese espejo?...

No quisiera.... No podría,
no soportaría que nadie temiera
lo que se siente al temer.
Antes rompería ese espejo.
y me diluiría con él.

No basta con quererte

Cada día un paso más,
uno más al retorno…
A tu madre buscas,
y ella partió al infinito
muchos años atrás.

El tiempo se paró,
y tu mente perdida
en el limbo se quedó.
Solo hermosos recuerdos
en ella están.

Mezclas recuerdos
de un pasado lejano
con otros que cerca están.
Vives…, ¡Sí!…
En un mundo propio,
y ya no tenemos cabida
en ese mundo exclusivo.

Qué difícil es verte así…
En ese laberinto pérdida,
con amarte no basta
pues el dolor nos embarga
y la impotencia cabalga
en nuestras almas.

No te olvido.

Dicen que te tienda la mano que no te olvide...
Que no te culpe,
pues no es tu culpa.
Que es una enfermedad...
Lo intento, de verdad que lo intento...
He intentado no olvidar como fuiste,
más, ahora no te reconozco.

Intenté no asustarme...
Pero me asuste y mucho,
tanto, que aún siento
dentro de mí ese miedo.

Intente no odiarte...
Pero me fue imposible
pues la rabia me consumía.
Tú ya no eras la misma,
y yo no lo entendía.

La rabia se fue...
Quedó el miedo
y ese que no se va..., el dolor...

Te sueño muchas noches
como eras antes
Ese es mi consuelo,
hasta que de nuevo te veo.

No te olvido mama,
no podría hacerlo nunca.
Aunque tú, sí me olvides.

Soc jo qui t'oblida…

Aquet cop sento que soc jo
qui t'oblida mare.
Oblido aquells moments
íntims y plens d'amor que
es dispensen qui s'estimen
Son tan llunyans que cuasi
els he oblidat, y no… no vull fer-ho.

T'enyoro mare, enyoro una abraçada
i un consol rere de les meves llàgrimes
de nena espantada o de la noia angoixada
a qui no li sortien ve les coses,
y que la mare aconsellava.
Prefereixo buscar sols aquets records.
No els del moments d'enfrontaments i
retrets. …aquets no els vull recordar.

Sento que te oblido mare que te perdut
encara que ets aquí, però no…, ja no ets tu.
Vull tancar els ulls y veure la mare riallera
la que ballava i cantava.

Per això sento que et deixo en el oblit,
físicament també,
no en el records que no vull perdre.
¿Sinó perquè busco excuses per espaia les visites...
i no veure't com estàs? Perquè en dol tant…
Reconec que no ho he assumit encara,
Ja han passat sis anys o inclús mes, però
no puc amb la teva malaltia, em supera.

I en fa vergonya dir-ho. Y callo y escric, perquè
així si soc capaç de treure de dins el que sento.
No tothom pot enfrontar-se a les coses en igual mesura.
Jo en aquet cas no puc, ho intento, però...
No ho aconsegueixo

Soy yo quien te olvida ...

Esta vez siento que soy yo
quien te olvida madre.
Olvido aquellos momentos
íntimos y llenos de amor que
se dispensan quienes se aman
Son tan lejanos que casi
los he olvidado, y no ... no quiero hacerlo.

Te añoro madre, añoro un abrazo
y el consuelo detrás de mis lágrimas
de niña asustada o de la chica angustiada
a quien no le salían bien las cosas,
y a quien su madre aconsejaba.
Prefiero buscar sólo estos recuerdos.
No los de momentos de enfrentamientos y
reproches. ... estos no les quiero recordar.

Siento que te olvido madre, que te he perdido
aunque estás aquí, pero no ..., ya no eres tú.
Quiero cerrar los ojos y ver la madre risueña
la que bailaba y cantaba.

Por eso siento que te dejo en el olvido
físicamente también,
no en los recuerdos que no quiero perder.
¿Si no, porque busco excusas para espaciar las visitas,
y no verte cómo estás? Porque me duele tanto...

Reconozco que no lo he asumido aún,
Ya han pasado seis años o incluso más, pero…
no puedo con tu enfermedad, me supera.
Y tengo vergüenza al decirlo. Y callo y escribo, porque
así si soy capaz de expresar lo que siento.

No todo el mundo puede enfrentarse a las cosas en igual
medida.
Yo en este caso no puedo, lo intento, pero...
No lo consigo.

Sentimientos encontrados

Dolor, impotencia y ternura.
Y en la cama postrada
mirando a la ventana... perdida,
Ya no me reconoces
pero me besas, te beso
y acaricio tus suaves mejillas
y tu pelo y sonríes...

Me hablas en murmullos
no se te entiende,
pero da igual, aún hablas.
Te vas apagando poco a poco,
tu extrema delgadez, esa nariz afilada...
Ayer en la cama te miraba
y me derrumbaba.

Se que algo no va bien,
solo dios tiene la palabra.
Pero no mejoras
y sigues postrada,
y sé que te vas
poco a poco sufriendo
aunque no sepas gritarlo.

Y sigue siendo injusto,
porqué sufrir más.
Para que seguir día a día luchando
hacía un final irreversible.

Mamá, déjate ir cierra los ojos,
Sueña y vuela, se feliz
en ese nuevo devenir que te espera.

¡Te quiero!

Olvido

Tenues rayos de sol acarician mi cuerpo
sumido en el largo letargo del olvido.
Estoy presente, pero… mi mente vaga intentando
arañar recuerdos que se escapan raudos,
…perdidos en el tiempo.

Ya no sé si hoy es hoy
o quizá fue ayer o fue hace tiempo…
Hay instantes que son opacos,
no hay nada solo el vacío.
No pienso, no soy…

Andando recorro el espacio,
un paso tras otro intentando no tropezar
siguiendo los tenues rayos de sol
para poder salir de mi oscuridad.
Estoy parado… ¿Dónde iba? No recuerdo…

Agotado, me siento,
y dejo pasar el tiempo…
No sé qué tiempo…,
más tarde… o el de ahora,
no se… lo olvido…

M
E
N
T
O
S

Momentos:

23 de febrero de 2009

Hoy tenía visita con el médico de mi madre el Neurólogo, hemos hecho trampa, y hemos ido mi hermana y yo, sin ella,

Queríamos saber bien el diagnostico, pues últimamente la vemos peor de la memoria y como le hicieron unas pruebas en enero, era para recoger resultados.

Como siempre, no estaba el medico titular sino otro de su equipo. Una doctora, la hemos bombardeado a preguntas, pero no nos ha entusiasmado demasiado.

Al final hemos sacado el diagnostico…, aunque en un principio el médico de cabecera nos dijo que era "demencia Senil". Según la doctora, actualmente se diagnostica así, como Alzheimer.

Bueno pues tras las pruebas, había un bajón importante, por lo que ya ha entrado en la fase de Diagnostico oficial de Alzheimer, pero en inicios. Nos ha dado un medicamento para que se lo tome es nuevo y son parches, y no suelen dar reacciones adversas (según ella) ya veremos con mi madre, porque casi todos los medicamentes le pasa algo raro.

Yo creo que se sugestiona. Ahora viene la papeleta de inventarnos algo como para justificar el ir sin ella al médico. Porque mi madre tiene un carácter…

3 de marzo 2009

El medicamento hemos tardado en tenerlo, pues debía ser aprobado porque era caro… Hoy por la tarde, he quedado con mi hermana y hemos ido a visitar a nuestra madre, y llevarle el medicamento que nos dio el Neurólogo, se ha extrañado al vernos, y le hemos dicho que nos han llamado para ir a recogerlo, ya que el medico tenía que ir a una convención, y como solo era el resultado, pues anulaban la visita. En fin, no le ha extrañado "la mentirijilla".

También como en la receta, que nos han dado pone Alzheimer, le hemos dicho que tenía un principio de esta enfermedad, y que el medico nos ha dicho que tiene que estar muy activa, que haga más cosas de las que hace, y que se tiene que poner los parches que nos han dado que va muy bien para lo que ella tiene, pues ralentiza el proceso. *(He sacado el prospecto del medicamento, pues ella es muy propensa a tener alergia a los medicamentos, eso de siempre, pero últimamente, creo que se somatiza, y ella y cree que le pasan, todos los efectos secundarios)*

Ya en los últimos medicamentos que se tomó que le dio el Neurólogo para la pequeña depresión que tiene a temporadas, nos decía que le pasaban cosas raras. Y aunque están indicadas en el prospecto, no me creo que sean verdad, y más dada su condición actual…

Ella, mi madre, no entiende que está enferma, pues solo repite que se encuentra de maravilla que si no se habrán equivocado no lo acepta.
Pero la verdad es que… a cada momento, mientras hemos estado en casa con ella, repetía una y otra vez lo mismo, y volvía a preguntar…, que para qué se tenía que tomar el medicamento.

Le he escrito en un papel todo muy explicado y con dibujos, de cómo hay que aplicar los parches, aun así, vemos que no lo entiende. Nos preocupa la verdad que no se los ponga bien.

Nos vamos a turnar para hacer un seguimiento de ello y procurar que se los ponga correctamente, ya que son diarios, (1 al día) y una semana en cada una de las zonas establecidas. Hoy le hemos puesto nosotras el primero.

Había decidido que no me traería a casa a mi madre. No quiero que mi marido cargue con el peso de cuidarla cuando, yo trabaje. Pero es que la ves y vuelves a pensar que es la única solución. Yo soy la que tengo una habitación disponible, y por lógica debo ser yo quien la tenga en casa, pero esperaremos a más adelante. Hemos de valorar cómo evoluciona todo esto…

4 de marzo 2009

Y seguimos…

Y que es que al día siguiente por la mañana me llamo la vecina (una *maravilla de persona, Mariana, es 2 años mayor que mi madre, pero tiene la cabeza muy bien amueblada y vive con su hermana, solteras las dos. Persona con estudios y que trabajo de enfermera y también posteriormente en una farmacia.*)

Me llamo porque se le presento mi madre, diciéndole que no entendía las instrucciones que yo le había dejado, ni porque se tenía que poner aquello….

Ella, Mariana, sabia de este nuevo medicamento, pues desde hace ya unos años pasa cada noche a ponerle gotas en los ojos, a mi madre, pues tiene la tensión alta de los mismos. Y ayer ella acudió como siempre, a poner las gotas y estábamos explicándole todo a mi madre. Así que sabía de los parches y que eran uno cada día.

Y el motivo de la llamada, era para explicarme que ella se quería poner otro parche esa mañana, y me pidió permiso para guardar la caja. Le dije que, si mi madre se la dejaba, que, por mi parte, no había ningún problema

Mi madre me volvió a llamar 2 veces durante el día, volviendo a preguntar sobre lo mismo. Le explique que yo había hablado con la vecina, y parecía que ni me oyera. Estaba obsesionada con los dibujos que le deje con la explicación. E insistiendo que ella se encontraba bien.

5 de marzo 2009

Mientras estaba yo con mi trabajo, me llama de nuevo mi madre, dándole vueltas a lo mismo. Se lo vuelvo a explicar nuevamente. Pero no hay forma de hacérselo entender…

Busco información por Internet sobre el Alzheimer, para ver que explican y como debemos movernos. Hay mucha información, pero básicamente explica toda lo mismo, sea la web que sea.

11 de marzo 2009

Esta tarde, me ha llamado mi madre que no se encuentra bien, pues está muy cansada y me pide si tengo yo el prospecto del medicamento de los parches, le he mentido descaradamente, y le he dicho que nos lo dieron así solo la caja, pero sin prospecto. Y que como el viernes voy a pedir su receta, ya se lo comentaré al médico.

Más tarde ha vuelto a llamarme, y me dice que no se pone el parche que seguro que es culpa de esto que esta tan cansada, que no es normal en ella y que incluso arrastra los pies por casa al andar, pues no puede con su alma. Y que mañana ira a tomarse la tensión a la farmacia.

Yo he leído el prospecto, y "Si" dice que unos de los efectos adversos pueden ser fatiga. Pero no se lo voy a decir a ella.

Vamos a ver cómo va la cosa, y el viernes se lo comento al médico.

13 de marzo 2009- viernes

Desde luego, eso del "viernes 13", hoy para mí se ha cumplido, ahora son las 16,18h.

Ayer estuvimos todo el día con el tema de mi madre. Pues como se encontró mal por los parches, al final ha dejado de ponérselos, pues no decía que no podía con su alma. Y le dijimos que fuera a tomarse la tensión no fuera también la causa de su malestar. Resulto que estaba a 17 de máx. Y 7 de mínima. Eso por la mañana, luego se la volvió a mirar por la tarde y a última hora de la noche antes de cerrar la farmacia, había subido a 18, y se tenía que volver tomar la tensión esta mañana, y según como estuviera ir al médico. Pues al final ha hecho lo que le ha dado la gana…

Yo hoy tenía visita con su médico por el tema de la receta del medicamento nuevo, pero, aunque he llamado al Neurólogo y me ha dicho que si le provocaba estos efectos que no se lo tomara. He decidido acudir igualmente al médico para que tomara nota del diagnóstico ya confirmado y pedir un informe.

Bueno pues mi señora madre, esta mañana se ha ido al médico, ella sola para decirle lo que le pasaba. Lógicamente se ha presentado fuera de su hora (la que yo tenía pedida) ella ni se acordaba que yo iba, y eso que se lo dije, y que ya le comentaría lo que le pasaba….Pues me ha llamado ella diciendo que el medico no la ha querido atender, ni siquiera la ha dejado pasar a la consulta y que le ha dicho que volviera con sus hijas e incluso la ha acompañado al mostrador para pedir hora para el viernes próximo.

Lógicamente, yo no he creído a mi madre y le he metido un poco de bronca, pues aún no se había tomado la tensión y que por que acudía ella si sabía que yo ya también iba. Al final se ha salido por la tangente…, le he dicho que ya le pediría explicaciones al médico.

Me he puesto súper nerviosa, tanto que hoy he explotado, y con la acumulación que llevo desde hace ya un tiempo, entre una cosa y otra me he puesto a llorar como una tonta. Me he desahogado un buen rato y luego he acudido a la visita.

Cuando he entrado al médico, le he explicado que iba por lo de la receta, pero que ahora con los síntomas que presentaba mi madre que opinaba el, y también le he dicho que sabía que mi madre había ido esa mañana a verlo y le ha dado hora para que vuelva con sus hijas.

Para mi sorpresa el médico me dice que sí, que la ha visitado y que es normal lo que le pasa a mi madre con la medicación lo de arrastrar los pies y la tensión.

Inmediatamente, le pregunto… oiga, pero al final le ha dado ella esta información…, y me dice que si, e incluso empieza a buscar en la papelera y me saca el sobrecito del medicamento que contenía los parches, me he quedado cortada, yo que iba a meterle bronca por no atender a mi madre, me sale con esto. Yo enseguida le he preguntado si le ha tomado la tensión, me ha dicho

que no, y que por eso quiere verla la semana próxima, porque si es un efecto del medicamento, aún puede ser que estuviera alta, y quiere comprobar si dentro de una semana está igual, y de ser así darle medicación para que le baje.
Que vayamos controlando esta semana un poco y que ya nos veremos.

Le he pedido que me hiciera un informe con lo que tiene mi madre, por si tenemos que solicitar ayuda y lo de la ley de dependencia, y también para el sistema de atención de urgencia que hay para los ancianos que viven solos.

La semana próxima me lo tendrá preparado, y me ha dirigido al asistente social, para tramitar papeles.

Luego he regresado andando un paseo de más de media hora que me ha ido muy bien para relajarme

Al llegar a casa no habían pasado ni 5 minutos, que me llama mi madre para ver lo que había dicho el médico, se lo explico y le digo, que si la ha atendido incluso sabia los síntomas y lo del sobre del parche.

Se ha puesto como una fiera, diciendo que el medico era un embustero, que no era verdad, que ojalá pudiera llevarme delante de la otra persona que había esperado, que lo ha oído todo y me lo podría explicar, así hemos estado como más de media hora, ella chillando y yo al final también, porque me ha hecho perder los nervios. Que si la llamaba mentirosa etc.

Lógicamente, el medico no tiene telepatía y no podía saber los síntomas ni hacer aparecer el medicamento por arte de magia.
Conclusión que mi madre me va a volver loca.

17 de marzo 2009

Hoy ha sido un día tranquilo, he salido un rato para ir a recoger el informe del Neurólogo, por si tenemos que tramitar algún papel, para la dependencia de mi madre.

20 de marzo 2009

Hoy ha tocado visita al médico con mi madre para mirarle la tensión y para pedir el informe médico. Pues bien, solo le ha tomado la tensión que estaba a 18 de máx. (Alta), le ha recetado unas pastillas para regularle la misma, nos dice que son suaves, y que vayamos controlando y en 15 días visita a la enfermera, si le sube más debemos volver.

Ahora bien, el otro día cuando acudí yo sola, me dijo que el informe, me lo haría hoy, y pese a que se lo he pedido, me ha dicho que para era, le indico que es para solicitar la teleasistencia o lo que sea preciso, no he querido decir más pues mi madre estaba delante, y según que decimos se pone nerviosa, pues no lo entiende.

Le confirmo que tengo visita para el Asistente social, el mes próximo, y me dice que en este caso ya será el asistente quien le solicite el informe.

"No me gusta mucho este médico" si era así como funcionaba, porque no me lo dijo el otro día.

En fin, es lo que hay, cuando mi madre viva conmigo, la llevaré al médico que tengo yo que es un encanto y muy buen médico. Desde ayer, llevamos liados, haciendo limpieza nuevamente, de trastos inútiles, para ir reorganizando los armarios y hacer sitio para cuando traiga a mi madre a casa.

25 marzo 2009

Es el día de la onomástica de mi madre, la he llamado, ni se acordaba de que era su santo, es normal, pues la mayoría de los días no sabe qué día es, me refiero al número, hemos charlado un poco. Hoy estaba como más relajada y tranquila, con lo que seguía la conversación sin repetir tanto las cosas.

2 de abril 2009

Cada día lo mismo, bueno hoy, volví a pelear con mi madre, pues sabía que debía irse a tomar la tensión y por la tarde me llamo para decirme que se encontraba mal y que incluso había regresado de la Coral, y no había acabado el ensayo, que estaba muy mareada y para que supiera que por ese motivo no se tomó la tensión, para que no la regañara.

Luego mi hermana me llama para otro tema, y de paso me dice que ha hablado con nuestra madre, le pregunto si ya le ha contado que se encuentra mal. Y es entonces cuando cotejamos las versiones. Pues bien, a mi hermana la explico una la historia totalmente distinta…

"Si, fue a la Coral" pero fingió que se encontraba mal, porque unas señoras nuevas se habían puesto delante con el director, y habitualmente no dejaban ponerse a nadie y que no había derecho" Así que esta pelotera de niña pequeña es lo que le contó a mi hermana, que no sabía nada de su llamada a mi persona.

Yo me enfado, pero pienso va déjalo, no vale la pena, pues es lo que toca ahora incongruencias.

Pues bien, un rato más tarde me llama mi madre para preguntarme ya ni recuerdo que tontería…, y yo con segundas le digo que como se encuentra. Me dice que perfectamente, que muy bien. Le digo que ya hemos hablado y lo que me ha contado y al final resulta que soy una mentirosa, Me repite la misma historia que le ha contado a mi hermana y que yo lo debo a ver entendido mal.

Le digo que no e insisto en ello, pero no vale la pena, al final enfadada me cuelga el teléfono y me llama mentirosa.

3 de abril 2009

Hoy tocaba visita con la enfermera con mi madre para que le tomaran la tensión, nos hemos encontrado en el ambulatorio, y resulta que el papel de la farmacia lo ha vuelto a perder, ahora me ha traído el antiguo. Sigue estando alta a 17, me pregunta cómo ha ido la toma de las pastillas, le tengo que decir que creo que no se las ha tomado todas, que se ha saltado tomas. Lo sé porque le hice contar en el blíster los compartimentos que estaban vacíos. Así que solo se tomó 10. La enfermera consulta al médico y al final decidimos que se las tome 15 días más, pero controlando el tema. Para saber si le tienen que dar otras más fuertes o no hace falta.

Al salir de la visita he ido a la farmacia y he comprado un pastillero semanal, en que además del día de la semana, vienen separadas en estancias para el desayuno, comida y cena.

Es ideal, pues así solo se abre la del desayuno, o si es la comida, solo ese espacio.

Le he puesto todas las pastillas, las de la tensión y las que ya venía tomando, está encantada con la novedad, y yo también, ahora solo falta ir cada semana a rellenar los departamentos. Se que la vecina le revisara la cajita y mirara si se las toma. Es una joya esta vecina, de verdad, un monumento le voy a poner.

9 abril 2009.

Por la tarde he acudido a casa de mi madre, para ponerle las pastillas que debe tomar en su nuevo pastillero. Ante mi sorpresa, ella ya había ido rellenando la cajita. Supongo que cuando tiene momentos buenos, pues es capaz de organizarse correctamente.

No obstante, le he terminado de rellenar todo para así no tener que pensar en una semana.

14 de abril 2009

Por la tarde tenía concertada visita con el asistente social, para solicitar lo de Teleasistencia para mi madre, mientras este sola en casa. Me ha dicho que no habrá problema y que en un mes me llamaran del ayuntamiento. Lo único, es que el médico de cabecera me dijo que el asistente ya le pediría el informe médico directamente a él. Y claro yo pensé que se lo hacen internamente y se lo remiten entre ellos. ¡Pues no!, ahora tengo que volver al médico otro día para que me rellene el impreso del certificado, y luego dejarlo en un sobre para el asistente. En fin, que es una vergüenza que no lo hagan ellos, cuando están en el mismo edificio y en la misma planta.

5 de mayo 2009

Esta tarde he acompañado a mi madre a tomarse la tensión a la enfermera del ambulatorio, para ver si sigue con las mismas pastillas o no. Ya la hemos vuelto a tener, pues ella ha aparecido con un cartoncito en el que tenía anotada la tensión de un solo día, ósea el último el 29 de abril. Menos mal que yo cuando me llamaba para decirme que había ido a tomárselas, le hacía decirme los resultados y me los anotaba.

Y por eso se ha liado, porque según ella solo fue un día a tomar la tensión, y de donde había sacado ese papel con todo apuntado. Por más que se lo he explicado, no ha habido manera de que lo aceptara. No se lo creía, su desconfianza en relación con todo lo que le decimos crece cada día.

Se ha puesto muy nerviosa y me ha montado un numerito en la sala de espera, así que cuando le ha tomado la tensión la enfermera, estaba otra vez a 18, menos mal que le he explicado lo ocurrido y él porque estaba tan alta.

La enfermera ha intentado hacerle entender que le falla la memoria. Pero lo primero que ha dicho es que ella la tiene fenomenal y se acuerda de todo. Pilar la enfermera ya ni ha seguido. En fin, mucha paciencia y Valerianas. La he dejado en casa enfadadísima conmigo.

30 y 31 de mayo 2009

Hoy toca pintura en casa. La habitación destinada a mi madre y de la que ya he sacado los muebles viejos, está a punto de entrar en el mundo de los colores y suelos llenos de manchas de pintura. La pintamos de color Malva clarito. Aunque al ir poniendo el color, aun me parece un poco fuerte, lo hemos rebajado con blanco. No sé, lo veo raro, y es que de color verde pálido que estaba a este color ha cambiado mucho.

Pronto mi madre vivirá con nosotros…

Y si, así fue como mi madre llego a su nuevo hogar, pero su estancia en él, no llego a las tres semanas. No hubo forma de que quisiera estar con nosotros y solo quería volver a su casa, así pues, regreso a la misma, pero con una cuidadora las 24 horas.

Siendo al final dos las cuidadoras las que tuvimos atendiéndola. Pues una no se sintió capaz de lidiar con las situaciones de agresividad que vivió por parte de mi madre –otra de las fases de la enfermedad— sumado al fuerte carácter que ella siempre tuvo…

Cuando no fue posible que estuviera ya en casa ni con la cuidadora…, pues se escapaba y se iba a la calle o a casa de las vecinas, o lanzaba cartelitos indicando que la tenían secuestrada… En fin, que nos pasábamos todo el tiempo intentando calmarla y solucionando los problemas.

Así que al final buscamos una residencia –aunque teníamos plaza solicitada en residencias públicas, no había plazas y estábamos en lista de espera– por lo que tuvimos que recurrir a una privada… hasta que no se nos concedió su plaza en una del estado…

Supongo que mucho de lo que he relatado en este pequeño diario que escribí en su día –y que es mucho más largo-, puede dar la impresión de que estas vivencias son muy objetivas porque son muy personales. Pero en momentos concretos también son subjetivas, en relación con la percepción de las repercusiones emocionales y problemas derivados como cuidador. Y por ello, estoy segura de que quien lo está viviendo en la actualidad o lo ha vivido, se siente plenamente identificado, con muchos de los momentos relatados.

Por supuesto todo lo concerniente a mi madre, fue evolucionando como su enfermedad. Hubo momentos mejores y otros malos…

Las visitas para mí eran difíciles, pues me producían mucha ansiedad. Y es que cuando ibas a visitarla no sabias nunca como estaría, …si me reconocería, o si estaría de mal humor o se reiría.

Y es que añoraba a mi madre, a esta mujer que me trajo al mundo, y aunque la podía abrazar y besar, sentía que ya no estaba allí, que no era ella. Por ello me dolía tanto…

Y tras unos días hospitalizada por problemas renales y otras complicaciones… el 1 de octubre del 2017 falleció con 89 años.

Desde mi experiencia...

No soy especialista en enfermedades de ningún tipo... solo soy una hija, que de golpe se encontró con que su madre estaba enferma de Alzheimer.

Por más que te hayan explicado o hayas leído sobre esta enfermedad, nada te prepara para ello. Pues no sabes cómo reaccionar, ante situaciones que se van presentando en el transcurso de la enfermedad.

Evidentemente lo primero que haces es buscar información sobre la enfermedad, su evolución. En cómo ayudar al enfermo... No solo la información que te haya podido dar el neurólogo, también buscas libros, o por internet.

Nosotras, mi hermana y yo misma, nos acercamos a la asociación para enfermos de Alzheimer en Barcelona, y si nos informaron, y nos indicaron los pasos a seguir en cada circunstancia, tanto legal, como social y médica. Pero solo eso... ellos no pueden más que aclararte dudas, y dirigirte hacia las personas que precises, como profesionales que apoyan a la asociación, abogados, notarios, información sobre ayudas a la dependencia, etc.

El día a día con el enfermo lo has de vivir tú mismo y lógicamente cada enfermo es diferente. No por la evolución de la enfermedad, sino, por su propia personalidad.

La enfermedad por si misma tiene sus propias etapas que se van presentando paulatinamente. Y al final eres tú, quien vas adquiriendo conocimiento de cómo tratar al enfermo. Guiado por lo

que te han explicado o leído. Pero al final, es uno mismo quien debe ir adaptándose...
Supongo que es difícil para cada familiar, pues no deja de ser tu madre, tu padre, tu marido... tu hermana-o..., o tu abuela-o..., es un ser allegado y no lo puedes ver desde una perspectiva fría y lejana, como un cuidador externo.

Trabajar y hacerse cargo de un enfermo, y llevar tu casa, es sentirte impotente cada día. Pues por más organizado que quieras estar, la misma se desbarata cada día, pues nunca sabes lo que puede acontecer.

Por mi parte, igual hablaba con mi madre, yo, o mi hermana 4 o 5 veces al día. Parecía que todo estaba bien. Y de pronto debíamos desplazarnos a su domicilio que no estaba cercano al nuestro, para calmarla y buscar o el monedero, o la cartilla o cualquier otra cosa....

Todo ello ocurría en las primeras etapas en que ya conocíamos su enfermedad y sabiendo que ella no lo aceptaba y no reconocía para nada estar enferma.
Anteriormente ya percibimos algunos episodios, que pensamos que no eran más que la edad... Cuan equivocados estábamos...

Por ello aquí dejo constancia de signos para tener en cuenta y así detectar que algo no está bien, e ir al médico con nuestros familiares.

Por supuesto, son ellos los profesionales quienes tienen la última palabra sobre un diagnóstico.

Sobre el Alzheimer...

Signos para tener en cuenta...

- *Olvido del nombre de algo de uso habitual, y buscar otra opción para nombrarlo (ejemplo: Lápiz- y utilizar la opción... "eso que sirve para escribir")*

- *Preguntar varias veces lo mismo o, por el contrario, explicar muchas veces lo mismo (pues no recuerdan ni la respuesta, ni que ya lo han dicho)*

- *Perder frecuentemente dinero o monedero, las llaves u otros objetos de uso frecuente.*

- *Olvidarse de mensajes que les han dicho o no acudir a recados o consultas previas de médicos, peluquería, etc.*

- *También en cuanto a la compra, olvidad de comprar alimentos básicos o, por el contrario, comprarlos repetidamente porque no recuerdan tenerlos en casa. Al igual que también se les estropea y caduca la comida en la nevera.*

- *Alteraciones en funciones que esa persona domina a la perfección y que de pronto no recuerda como se hace.*

- *También cuando en sus hábitos de higiene, se empieza a percibir que lleva la misma ropa muchos días y esta se presenta con manchas, o que no se ducha o lava el pelo y antes era una persona que cuidaba mucho su aspecto.*

- *Confusión con respecto a los lugares o el paso del tiempo*

- *Dificultades visuales o de espacio, como no comprender distancias al conducir, perderse o extraviar cosas*

Es una situación complicada, porque muchas de estas señales nos pueden ocurrir cotidianamente, sin que necesariamente tengamos Alzheimer. Hay otros factores emocionales, como son la depresión, el stress, la falta de sueño, momentos de mucha carga emocional, que podrían simular los mismos síntomas.

Por otro lado, también hay personas que durante toda su vida se olvidaron los nombres de las personas, o las llaves. Es por lo que para poder definir que un paciente tiene Alzheimer, se debe demostrar que la alteración en estas áreas cognitivas marca una diferencia importante respecto al funcionamiento previo.

Cuando aparecen señales de advertencia de demencia de Alzheimer es importante obtener un diagnóstico rápido y preciso.

Diagnóstico

Para ello es imprescindible, acudir al médico, lo antes posible: Al médico de cabecera, o un médico capacitado en trastornos cerebrales (neurólogo) o un médico capacitado para tratar a adultos mayores (geriatra) revisarán la historia clínica, los antecedentes farmacológicos y los síntomas. El médico también realizará varias pruebas.

Y el médico evaluará:

 o Si presenta deterioro de las habilidades de memoria y razonamiento (cognitivas) o   Si presenta cambios de conducta o personalidad

o   El grado de deterioro de la memoria o el razonamiento o cambios en ellos

o   La manera en la que los problemas de razonamiento afectan su capacidad de desenvolverte en la vida diaria

o   La causa de los síntomas

Los médicos pueden solicitar análisis de laboratorio o pruebas de diagnóstico por imágenes del cerebro adicionales, o indicarte análisis de memoria. Estas pruebas les pueden brindar a los médicos información útil para el diagnóstico, como el descarte de otras afecciones que causan síntomas similares.

Los médicos harán una evaluación física y verificarán que no haya otras afecciones que podrían estar causando o contribuyendo al progreso de los síntomas, como signos de accidentes cerebrovasculares pasados, enfermedad de Parkinson, depresión y otras enfermedades.

Estos son los pasos orientativos dados para conocer el diagnóstico médico definitivo de lo que le pasaba a mi madre. Espero que os puedan ser útiles

Información médica la podéis encontrar en muchas webs. Como por ejemplo en:

Clínica Mayo:
https://www.mayoclinic.org/es-es/diseases-conditions/alzheimers-disease/in-depth/alzheimers/art-20048075

Asociaciones para información y apoyo sobre y durante la enfermedad:

Fundación Alzheimer España:
http://www.alzfae.org/

Alzheimer Cataluña:
https://alzheimercatalunya.org/es/

Fundación Pascual Maragall:
https://fpmaragall.org/

Fundación ACE
https://www.fundacioace.com/es

Asociaciones de Alzheimer, centros de ayuda en toda España
https://aiudo.es/asociaciones-de-alzheimer-y-centros/

Índice:

MOMENTOS